Petit Ours Brun
ne veut rien prêter

Marie Aubinais • Danièle Bour

bayard jeunesse

Petit Ours Beige vient
chez Petit Ours Brun.
Petit Ours Brun
ne le connaît pas.

Petit Ours Beige
va dans la chambre.
Petit Ours Brun dit :
– Ici, c'est ma chambre.

Petit Ours Beige
prend une voiture.
Petit Ours Brun lui dit :
– C'est à moi, ça !

Petit Ours Beige
veut garder la voiture.
Petit Ours Brun lui dit :
– Donne !

Petit Ours Beige
prend le camion.
Petit Ours Brun lui dit :
– C'est à moi, ça !

Petit Ours Beige
s'en va bien vite.
Mais, bing ! il se cogne
dans le tricycle.

Petit Ours Brun rit,
et il prend son tricycle.
Il dit : – On va jouer
à se foncer dedans !

Découvre d'autres aventures de Petit Ours Brun :